AF398285

LA DOCTRINA ESTOICA
Y
DEFENSA DE EPICURO

FRANCISCO DE QUEVEDO

Copyright del texto © 2023 Culturea ediciones
Sitio web : http://culturea.fr
Impresión: BOD - Books on Demand
(Norderstedt, Alemania)
Correo electrónico : infos@culturea.fr
ISBN :9791041810208
Depósito legal : abril 2023
Queda prohibido reproducir parte alguna de
esta publicación,
en cualquier forma material, sin el premiso
por escrito
de los dos titulares del copyright.

NOMBRE, ORIGEN, INTENTO, RECOMENDACIÓN Y DESCENDENCIA DE LA DOCTRINA ESTOICA

Defiéndese Epicuro de las calumnias vulgares

AL DOCTO Y ERUDITO LICENCIADO RODRIGO CARO, JUEZ DE TESTAMENTOS

Estudiemos algo para el que estudia, escribamos para el que escribe.

Pues hablar con el docto, para el que ignora, es acreditarse el que habla, no obligarle. Yo, señor, quiero que el libro y todo lo que en él es forzoso, se defienda en la caridad de los amigos. A D. Juan de Herrera di el tratado, a Vm. las cuestiones de él. Más eruditas fueran si de su nota las trasladara que escribiéndolas de la mía. Empero en la condición de mi obra no tiene lugar otra demostración de mi buena amistad. Escribiré lo que Vm. sabe mejor, como yo lo sé; por esto me contento con que se tolere mi discurso, sin pretender que se apruebe.

Los Estoicos, cuya doctrina nos dio en arte fácil y provechosa Epicteto, se llamaron así de Pórtico donde se juntaban: léese en Atheneo, III, aquellas hablillas del vario Pórtico. Por esto en el propio *Atheneo*, libro XIII, los llama un poema cómico (burlando de ellos) Portaleros. «*Oid* (dice el cómico), *los portaleros mercaderes de sueños, árbitros y censores de palabras.*» De que se colige que entonces, como hoy, los mercaderes y hombres de negocios en la antigüedad se juntaban en los pórticos que llamamos lonjas. A esta afrenta del cómico, que por el pórtico llamó a los Estoicos mercaderes de mentiras, responde Tertuliano: *Proscript. Adu. Haeretic.* Porque cristiano se preciaba de Estoico, con estas palabras: «*Nuestra institución es del Pórtico de Salomón*»: autoridad que fortalece mi discurso en la opinión que tengo de su origen, de que hablaré en segundo lugar, porque los Peripatéticos y los Estoicos llamaron sus sectas del huerto y del lugar donde se juntaban, y no de los príncipes de aquellas doctrinas. Es advertencia que merece consideración. No tengo otro quien seguir en mi parecer; poca importaría, si mereciese que me siguiese otro. Los filósofos mayor reconocimiento tuvieron siempre al lugar que les fue oportuno para discurrir, y a quien les dio el ocio para asistir en él, que a los maestros que les enseñaban. Séneca me ocasionó esta interpretación. El juicio es mío, las palabras son suyas, él las dice, yo las aplico, epístola LXXIV: «*Paréceme que yerran aquellos que sospechan que los fielmente dados a la filosofía son contumaces y enemigos, y despreciadores de los magistrados y de los reyes, y de aquellos por cuya autoridad es gobernada la república. Antes por el contrario, a ninguno son más agradecidos, pues a nadie dan más que a aquéllos a quien permiten gozar de ocio seguro. Por lo cual éstos a quienes para el propósito de bien vivir hace la seguridad pública, es necesario que al autor de este bien le reverencien como padre.*» Aquel lugar que los guardaba la soledad en el rumor de las ciudades; aquel sitio que los vedaba su ocio en la ocupación espiritual; aquel huerto que con unas tapias juntaba los estudiosos y apartaba los solícitos; aquel pórtico que guardaba el retiramiento para el logro de todas las horas, sin el cual ni los maestros pudieran enseñar ni los discípulos aprender, con razón merecieron el blasón de las profesiones; y por esto el nombre y reconocimiento de padres, los ministros y reyes que disponen en las repúblicas el ocio que estos lugares guardan y logran.

Santifica David los portales y los atrios en la casa de Dios, salmo XLIII: «*Cuán amados son, Señor Dios de las virtudes, tus tabernáculos.*» Y en el verso 2: «*Porque es mejor un día en tus atrios que mil; tuve por mejor estar despreciado en la casa de mi Dios, que habitar en los tabernáculos de los pecadores.*» Infinita reverencia se debe a los tabernáculos, atrios y casas divinas. Grande amor y reconocimiento a los pórticos y retiramientos virtuosos; y sumo aborrecimiento a todos los lugares y escuelas en que se juntan los malos y los pecadores. David empieza con esta doctrina, salmo I, «*Bienaventurado aquel varón que no va al concilio de los impíos, que no anda en el camino de los malos, que no se sienta en la cátedra de la pestilencia.*»

¡Oh, si aquella carta de nuestro Séneca a Lucilo valiese por carta de favor para los príncipes en recomendación de los estudiosos, contra cuyas horas se arruga el ceño de los que mandan, teniendo su ejercicio por espía y su juicio por acusación! Bien se conoce que la escribió con este intento Séneca, mas no se conoce que haya conseguido su intento.

El origen de los Estoicos es más anciano que el nombre y diferente del que muchos han hallado, y más noble pretendo que me deban estas dos postreras prerrogativas.

La secta de los Estoicos, que entre todas las demás miró con mejor vista a la virtud, y por esto mereció ser llamada seria, varonil y robusta, que tanta vecindad tiene con la valentía cristiana, y pudiera blasonar parentesco calificado con ella, si no pecara en lo demasiado de la insensibilidad; en que Santo Tomás la reprende y convence con las acciones de la vida de Cristo nuestro Señor Dios y hombre verdadero, y con él otros muchos doctores, y particularmente Pedro Comestor en su historia eclesiástica, en los lugares que Cristo, sabiduría eterna, se afligió, se turbó, se enojó, temió y lloró; esta doctrina tiene hasta hoy el origen poco autorizado, no el que merece y la es decente. No pudieron verdades tan desnudas del mundo cogerse limpias de la tierra y polvo de otra fuente que de las sagradas letras. Y oso afirmar que se derivan del libro sagrado de Job, trasladadas en precepto de sus acciones y palabras literalmente. Probarélo con demostraciones y con la cronología de los primeros profesores.

La doctrina toda de los Estoicos se cierra en este principio: que las cosas se dividen en propias y ajenas; que las propias están en nuestra mano, y las ajenas en la mano ajena; que aquéllas nos tocan, que estotras no nos pertenecen, y que por esto no nos han de perturbar ni afligir; que no hemos de procurar que en las cosas se haga nuestro deseo, sino ajustar nuestro deseo con los sucesos de las cosas, que así tendremos libertad, paz y quietud; y al contrario, siempre andaremos quejosos y turbados; que no hemos de decir que perdemos los hijos ni la hacienda, sino que los pagamos a quien nos los prestó, y que el sabio no ha de acusar por lo que le sucediere a otro ni a sí, ni quejarse de Dios. Job perdió sus hijos, la casa, la hacienda, la salud y la mujer, mas no la paciencia, y a los que le daban las nuevas de que los ganados se los habían robado, que el fuego le había abrasado los criados, y el viento le había derribado la casa, no respondía quejándose de los ladrones, ni del fuego, ni del viento: no decía que se lo habían quitado; decía que quien se lo dio lo cobraba: «*Dios lo dio, Dios lo quita; sea el nombre de Dios bendito.*» Y no sólo lo volvía, sino también le daba gracias porque lo había cobrado, y para mostrar que los reconocía por bienes ajenos, dijo: «*Desnudo nací del vientre de mi madre, desnudo volveré.*» No culpó Job a los ladrones ni a sí; la mujer le tentó para que culpase a Dios, y viéndole población de gusanos en un muladar, donde el estiércol le acogía con asco, le dijo: «*Aun permaneces en tu simplicidad; bendice a Dios y muérete.*» Reprendiéndole el bendecir a Dios con la ironía, y el no quejarse de él. A que respondió: «*Has hablado como una mujer necia. Si los bienes los recibimos de la mano de Dios, ¿por qué no recibiremos los males?*» ¿Quién negará que esta acción y palabras literalmente y sin ningún rodeo ni esfuerzo de aplicación no es y son el original de la doctrina estoica, justificadas en incomparable simplicidad de varón que en la tierra no tenía semejante? No es encarecimiento mío, sino voz divina del texto. Díjole Dios a Satanás: «*Acaso consideraste a mi siervo Job, como no tiene semejante en la tierra, hombre simple y recto y temeroso de Dios, y que se aparta del mal.*» En sólo este capítulo se lee todo lo que trasladó Epicteto por la tradición de sus antecesores en esta doctrina estoica. Léese la división de las cosas propias que son las opiniones de las cosas, y la fuga y la apetencia, el desprecio de las que son ajenas en la salud, en la vida, en la hacienda, en la mujer y los hijos. En recoger esto gasta Epicteto el capítulo primero y segundo, tercero y cuarto hasta el nono, sin escribir precepto que aquí no se vea ejecutado, y este postrero que numeré, enseña que a los hombres no los perturban las cosas, sino las opiniones que de ellas tenemos por espantosas, no siéndolo. Pone Epicteto el ejemplo en la muerte, y dice que si fuera fea, a Sócrates se lo pareciera. ¡Cuánto mejor la ejemplifica Job, de quien esta verdad se derivó a Sócrates! El mostró que ni la pobreza, ni la calamidad ultimada , ni la pérdida de hijos, ni la persecución de los amigos y de la mujer, ni la enfermedad, por asquerosa, más horrible que la muerte, eran por sí horribles ni enojosas; y no sólo tuvo buenas opiniones de todas, que es lo que estaba en su mano, sino que enseñó a su mujer a que tuviese buenas opiniones de ellas, y todo su libro no se ocupa en otra cosa sino en enseñar a sus amigos que los que él padece no son males, sino que las opiniones descaminadas que ellos tenían les hacían que les pareciesen males. No sólo Job tuvo el espíritu invencible en ellos, antes con estas palabras se mostró sediento de mayores calamidades, capítulo VI: «*Quien empezó me quebrante, suelte su mano y acábeme, y ésta sea mi consolación, que afligiéndome en dolor, no perdone.*» Como pudo trasladó estas hazañosas razones Epicteto, cuando decía: «*Plue, Domine, super me calamitates.* ¡Llueve, oh Dios, sobre mí calamidades!»

El cap. XIII de nuestro *Manual* confiesa es discípulo, no sólo en el precepto, sino en las palabras propias de este sagrado libro. Dice así: en los que siguen la división de Simplicio en el original griego y texto latino, y en español Correa, Sánchez desigualó los capítulos con otra división, y yo sigo la suya: «*Nunca digas perdí tal cosa, sino restituíla: si se muere tu hijo, no digas perdíle, sino paguéle. Robáronte la heredad, también dirás que la restituiste. Replicarás es ladrón y malo el que te la robó; ¿qué cuidado tomas tú del cobrador que envía el acreedor por lo que le debes?*»

Ya he referido el texto sagrado de la manera que Job hizo esto, pues dándole nuevas de que el fuego le había abrasado sus ganados y los pastores, y que el viento le había enterrado en su propia casa en su ruina sus hijos; que los Sabeos le habían robado las vacadas y las yeguadas, y los Caldeos le habían hurtado los camellos; sin diferenciar del fuego y del viento, a los ladrones los reconoció por cobradores que Dios le enviaba por los bienes que le había dado; y no dijo robáronme los ladrones, antes dijo: «*Dios me lo dio, Dios me lo quita; como a Dios agradó, así se ha hecho; sea el nombre del Señor bendito.*» Y para ver que reconoció literalmente a los ladrones por cobradores que Dios suele enviar, lo dijo en el cap. XIX, vers. 12: «Juntos vinieron sus ladrones, y se hicieron camino por mí, y cercaron en torno mi tabernáculo.» Últimamente traduce Epicteto de Job aquellas palabras literalmente: «*Sicut Domino placuit, ita factum est*»; en el capítulo postrero: «*Si Deo ita visum fuerit, ita fiat.*»

Queda cuanto a la doctrina ennoblecido el origen estoico, deducido de este libro sagrado donde se lee obrada su doctrina y más abundante en todas sus palabras. Resta cronológicamente probar este origen. Todos nombran príncipe de esta escuela a Zenón Citieo, llamado así de la ciudad de Cittio, en Cypro. Éste fue discípulo de Cratete Cínico, y persuadido de honesta y urbana vergüenza, siguiendo los dogmas de los Cínicos, limpió su persona del asco que afectaban y la vida de la inmundicia de su desprecio; de que se colige que la doctrina de los Estoicos, que con este nombre empezó en Zenón, era de los Cínicos, a que Zenón añadió la limpieza porque el desaliño envilecido no la difamase. No está la humildad en lo vil, sino en el desprecio de lo preciso. La suciedad no es señal de la sabiduría, sino mancha. La sabiduría puede ser pobre y no debe ser asquerosa; mucho la dio Zenón en lo que la quitó: ya que no la inventó el primero, fue el primero que la vistió bien; tal andaba, que por no verla no la oían, y con traje decente la granjeó por silbos aplauso, y por escarnio se quitó, Estrabón, lib. XIV de la *Patria* referida a Zenón, tratado de Cyprio: «*Tiene puerto de Cittio, que se puede cerrar donde nació Zenón, capitán y príncipe de la secta estoica.*» Diógenes: «*Zenón Citieo de un pueblo griego de Cypro;*

empero que fue habitado de los Phenizes.» Dice Suidas lo propio: «*Zenón se llamó por sobrenombre Phénix, porque los Phenizes fueron habitadores de su patria.*» Dice Cicerón en la 5.ª de las Tusculanas: «*Que los de Cittio eran Phenizes.*» Se colige de Diógenes Laercio en la vida de Zenón: «*Reverenciaban a Zenón igualmente los Citieos que habitaban en Sidón.*» Colígese de todos los autores citados que los Cínicos y Zenón, que fue su discípulo, y el capitán de los Cínicos limpios y aliñados, que se llamaron Estoicos, se precian de ser naturales de las tierras confines con Judea, de donde se derivó la sabiduría a todas las naciones, por lo que no sólo es posible, sino fácil, antes forzoso, el haber los Cínicos y los Estoicos visto los libros sagrados, siendo mezclados por la habitación con los Hebreos, que nunca los dejaban de la mano. Lo que se colige de estas autoridades, y se prueba con la demostración que he hecho de su doctrina y del texto del libro de Job.

El intento de los Estoicos fue despreciar todas las cosas que están en ajeno poder, y esto sin despreciar sus personas con el desaliño y vileza; seguir la virtud y gozarla por virtud y por premio. Poner el espíritu más allá de las perturbaciones. Poner al hombre encima de las adversidades, ya que no puede estar fuera por ser hombre. Establecer por la insensibilidad la paz del alma, independiente de socorros forasteros y de sediciones interiores; vivir con el cuerpo, mas no para el cuerpo. Contar por vida la buena, no la larga. No por muchos los años, sino por inculpables. Tantos contaban que vivían como lograban. Vivían para morir, y como quien vive muriendo. Acordábanse del mucho tiempo en que no fueron; sabían que había poco tiempo que eran. Veían que eran poco y para poco tiempo, y creían que cada hora era posible que no fuesen. No despreciaban la muerte, porque la tenían por el último bien de la naturaleza; no la temían, porque la juzgaban descanso y forzosa. He llegado al escándalo de esta secta. En la paradoja de los Estoicos se lee con este título: «*Puede el sabio darse la muerte, esle decente y debe hacerlo.*»

Animosamente se bebió la muerte Sócrates. Animosamente la saludó en el baño Séneca; aquél en la secta Jónica discípulo de Archelao ateniense, como todos afirman, sin que importe la contradicción que les hace en sus versos Sidonio, a quien desautorizan las contradicciones que hay en ellos propios. Y si bien fue de la secta Jónica, que Sidonio llama Socrática, fue el que primero mejoró el estudio de la astrología y filosofía moral en el de las costumbres. Y por esto con Séneca, que fue estoico, nombró a

Sócrates, que lo fue antes que tuviesen el nombre: empero ni Sócrates ni Séneca, el uno bebiendo el veneno y el otro desangrándose en el baño, acreditaron la paradoja de poder el sabio y deber darse la muerte. Los dos estaban condenados a morir; no se tomaron la muerte, sino escogieron género de muerte, siendo forzoso padecerla. Referiré, no sin dolor, las palabras de Séneca, epist. LXXIX: «*Poca diferencia hay de que la muerte venga a nosotros, o que nosotros vamos a ella. Persuádete que fue de hombre ignorantísimo aquella palabra: Hermosa cosa es morir su muerte.*» Razones que aun no las oyó sin represión la filosofía idólatra, que las condena la sacrosanta verdad cristiana. No sólo dice Séneca estas palabras, mas la aconseja y las persuade, De ira, III, cap. XV: «*A cualquier parte que mirares, allí está el fin de los males. ¿Ves aquel despeñadero? Por allí se baja a la libertad. ¿Ves aquel mar, aquel río, aquel pozo? Allí en lo hondo habita la libertad. ¿Ves aquel árbol corto, seco e infeliz? La libertad cuelga de él. ¿Ves tu cuello, tu garganta, tu corazón? Huidas son de tu cautiverio. Dirásme: muy trabajosas salidas me enseñas, y que requieren mucho ánimo y valentía. ¿Preguntas, pues, cuál sea el camino para la libertad? Cualquier vena en el cuerpo.*» Ni el ser Séneca cordobés, ni el ser tales los escritos de Séneca, han podido acallarme para que en esta parte no diga que con ellas antes se mostró Timón que Séneca, tanto peor cuanto mejor hablado. Timón digo, el que por enemigo del género humano condenaron, aquél que rogaba y persuadió a los hombres a que se ahorcasen de un árbol que tenía dedicado a este fruto. ¿Cómo, ¡oh grande Séneca! no conociste que es cobardía necia dejarse vencer del miedo de los trabajos; que es locura matarse por no morir? Contigo, no con Fanio, hablaba Marcial cuando dijo:

> «*Matóse Fanio al huir*
> *De su enemigo el rigor:*
> *Pregunto yo: ¿no es furor*
> *Matarse por no morir?*»

Desquitéme de un español con otro. Admírame que admirando nuestro Séneca en su Epicuro la valentía con que llamó bienaventurado día suyo el que moría combatido de incomparables dolores de la vejiga y de los intestinos llagados, aconsejase la muerte violenta y desesperada por no padecerlos.

Y es de advertir que no porque Séneca tenga opinión de que es licito darse la muerte, es opinión estoica; no lo es sino de un Estoico. Oigamos a nuestro Epicteto: «*Hombres, sufrid; aguardad a Dios, hasta que él os llame y os desate de este ministerio: entonces volved a él; ahora padeced con ánimo igual, y vivid esta región en que os puso, porque de verdad es corto el tiempo de esta habitación, y fácil y no pesada a los que así lo sienten.*» Por ser palabras éstas tan enriquecidas de verdad y tan piadosas, que pudiera haberlas dicho varón cristiano, se leen en favor de ellas y en acusación de los Estoicos, que dijeron las contrarias. Esta sutil es acusación de San Agustín, *de Civ.*, XIX, capítulo IV: «*Yo me admiro con qué vergüenza afirman que no hay males, diciendo que si fueran tantos que el sabio no los pueda sufrir, o no los deba tolerar, que puede darse muerte y sacarse de esta vida.*»

Débame la doctrina estoica que la defienda de la fealdad de este error, en que algunos Estoicos se culparon.

En muchas cosas, con palabras enojadas juntamente, acusó a los Estoicos e hizo burla de sus doctrinas el gran Plutarco, siendo así que todos sus opúsculos morales son estoicos. Escribió un libro que intituló: *De las comunes noticias contra los Estoicos*: en algo, como hombre, había de pecar el juicio de Plutarco, y si pecó fue en esta parte; persuádome que todo lo que escribió contra los Estoicos fue dictamen del humor y no del seso. No se podía contradecir a Plutarco, sino por defender la doctrina estoica; es disculpa de mi atrevimiento la inocencia del culpado, a quien, no sólo en el libro citado impugna, sino en otros dos; tiene el uno por título: *Compendio del comentario en que se muestra que los Estoicos escriben cosas más absurdas que los poetas*; y el otro: *De las repugnancias de los Estoicos*. Los encarecimientos y las demasías, señas son de enojo, no de igualdad. Aunque no falta razón para responder a estos tres libros, me falta tiempo y lugar en esta prefación. Satisfaré al mayor ímpetu, en que Plutarco quiere probar que los Estoicos escriben cosas más absurdas que los poetas. Tales son sus palabras, y a cada una seguirá con asistencia de triaca mi respuesta: *El sabio estoico cerrado no está detenido.* No su mejor parte, porque la cárcel cierra el cuerpo, no la mente, no el juicio, no el buen propósito, no los pasos del entendimiento, no los actos de la voluntad libre en las prisiones. Ningún tirano ha podido inventar cárcel para las potencias del alma, ni sus crueldades han sabido pasar de los sentidos; no pasa del cuerpo su poderío. *Despeñado no padece violencia.* No la padece el sabio sino en su cuerpo: si muere despeñado, no la padece el sabio, sino su vida. No llama violencia el sabio que le despeñen, porque sabe cuán fácil es despeñarse él mismo, y que son muchos los que se han despeñado por donde subían alegres, por donde bajaban cuidadosos, por donde andaban seguros; sabe que el golpe le da la vida que se había de acabar sin golpe, que el alma no se despeña si no peca. Quien ayuda al que va cayendo a que caiga, y al que se muere a que muera, ¿cómo le puede hacer violencia si le ayuda? Si le pudo tener, si le pudo remediar y no lo quiso, más mostró flaqueza en lo que dejó de hacer que fuerza en lo que hizo. El sabio más quiere morir digno de vivir, que morir indigno de la vida. El sabio con la sombra del cuerpo defiende la luz del alma, entretiene con la tierra y el polvo las venganzas del tirano, con la ceniza que le satisface le engaña. *En los tormentos no padece.* No, porque los tormentos y los tiranos padecen a quien los sufre. Si pudiera, hablando como Plutarco, referir cuántos mayores tormentos padecieron los tiranos en la constancia de los mártires que los mártires en los tormentos, el divino español San Lorenzo convenciera esta oposición. El santo ardía en las parrillas, diciendo: «Tirano, vuélveme desotro lado, que ya está asado éste»; y al tirano le servían estas palabras de parrillas. Mas, pues, no me es lícito retraer mi respuesta al sagrado de la Iglesia, acordaré a Plutarco de Anaxágoras, que haciéndole Nicocreonte majar vivo con martillos de hierro, martillaba él a Nicocreonte con decirle: «Maja, maja el costalillo, que Anaxágoras está donde no puede quebrantarle tu mano.» ¿Qué mejor respuesta que la que se ve? Aquí está el sabio en tormentos, y no padece; aquí padece el tirano que atormenta. Cristo nuestro Señor Dios y hombre verdadero, dijo: «No temáis a los que sólo pueden matar el cuerpo.» ¿Quién negará que Anaxarco obedeció lo que no había oído (bien sin fe verdadera), y que Plutarco duda de lo que ve, y contradice la verdad que sabe? *Si le abrasan, no se quema.* No se quema el sabio que arde, quémase el vestido de su vida en el cuerpo, que no se puede negar es parte del hombre. Los tiranos queman la estatua de lo que no pueden quemar. Blasón mentiroso es suyo decir: *queman, al que queman la estatua*: contra los sabios y los buenos no pasa, digámoslo así, de la estatua su poder; a él no alcanza el fuego; está más allá de las iras de los hombres; aquel sólo pasa su castigo y sus hogueras más allá del cuerpo, que puede quemar las almas. Queman la parte terrestre del sabio, no al sabio. Aunque es entretenido, es a propósito lo que dijo un caballero francés, en tiempo del gran Enrique: huyóse por graves delitos de Turín; pasó los Alpes en las mayores nieves del invierno; supo después que le habían quemado en estatua el propio día que pasó los hielos de los Alpes, y dijo: «*En mi vida he tenido más frío que el día que me quemaron.»* Esto que dice de su estatua con verdad el delincuente, dice con más verdad de su cuerpo el sabio, y con gloriosa victoria triunfando el mártir de Cristo. *Derribado en la lucha, caí invencible.* No lucha el sabio, en sale al certamen, no desciende en la estacada; así lo dice Epicteto, que el sabio será invencible si no lucha ni pelea. Nadie vence sino al que se le opone; el sabio no se opone sino a los vicios y malos afectos: si le vencen, no es sabio; si los vence, es invencible. *Rodeado de municiones, no está cercado.* No, por la propia razón que estando preso probé que no estaba detenido; está cercado su cuerpo, que es la cerca más apretada que tiene el sabio, y pues, rodeado del cuerpo, no está cercado en el alma en sus operaciones voluntarias, menos lo estará en las municiones. *Si le venden los enemigos, no puede ser esclavo.* No, porque los enemigos venden el cuerpo, que es esclavo del sabio; no el sabio, que ni puede ser vendido ni esclavo. El sabio sólo es esclavo si sirve al cuerpo; si se sirve del cuerpo, siempre es libre; en el cautiverio reina. Por esto los enemigos venden el esclavo del sabio, no al sabio. *Al discípulo que de la escuela estoica aprende virtud, le es lícito decir:*

> *Desea lo que quisieres*
> *Que todo lo alcanzarás*

A estas palabras no respondo yo, porque Epicteto las desmiente en su *Manual*, cap. XIII: «*No desees que lo que se hiciere se haga a tu voluntad; antes si eres sabio, has de querer que las cosas se hagan como se hacen.*» Expresamente enseña lo contrario de lo que le impone Plutarco. Él dice que el Estoico desee lo que quisiere y lo alcanzará todo. El Estoico dice que no ha de desear que alguna cosa se haga a su voluntad, sino acomodar su voluntad a cualquiera cosa que se haga. A mí me tocó mostrar en esta parte a Plutarco falto de razón, y a los Estoicos mostrarles falto de verdad. *La virtud los da riqueza, los adquiere reinos, los granjea la fortuna, los hace dichosos, abundantes de todo, todos de sí suficientes, aunque no tengan ni una moneda de patrimonio.* Esta ironía de Plutarco hace verdad a su pesar la virtud a quien atribuye en el Estoico estas riquezas, este reino, esta felicidad, esta abundancia. ¿Quién negará que sola puede la virtud dar estas cosas, sino quien ignora la opulencia de la virtud? No niego que todas estas cosas mismas aparentemente las reciben los malos de los delitos y de otros peores, y que se gastan más veces en precio de maldades que en premio de méritos; mas estos bienes en la mano injusta que los da pierden la naturaleza, y en la codicia que los recibe el uso. A los peces igualmente los da alimento la mano que se le arroja porque se sustenten, y la que se le ofrece disimulando el anzuelo para pescarlos; del uno tragan muerte, del otro alimento. El pecado y el delito dan riquezas, reinos, felicidad y abundancia: con anzuelo pescan y no dan. La virtud sola las da sin cautela y engaño. Si la justicia las debe solamente a la virtud, ¿por qué se persuade Plutarco que será tramposa con la virtud la justicia, y que no hará lo que debe hacer la que castiga en todos el no hacer lo que deben? No me hubiera atrevido a contradecir a Plutarco, si me hubiera podido atrever a culpar en esta parte a los Estoicos.

El instituto de esta secta fue de apatía o insensibilidad, excluyendo totalmente el padecer afectos: esta totalidad la condenaron los Pitagóricos y los Peripatéticos. De los menos antiguos, Lactancio, libro VI: «*Furiosos son los Estoicos que no templan los afectos, sino los quitan, y quieren en alguna manera castrar al hombre de cosas propias en su naturaleza.*» San Jerónimo contra los Pelagianos, libro I: «*Según los Estoicos, se ha de carecer de afectos para la perfección; según los Peripatéticos, esto es difícil e imposible, y a esta opinión favorece toda la autoridad de la Sagrada Escritura.*» El propio santo doctor de la Iglesia, que autoriza con la Sagrada Escritura la opinión de los Peripatéticos, desautoriza la de los Estoicos en la apatía, y la condena herética con el séquito de los Pelagianos: «*Todos los afectos se pueden quitar, y todas sus fibras de Pitágoras y de Zenón lo aprendieron los Pelagianos.*» Julio Lipsio, varón doctísimo, en su *Manuducción a los Estoicos*, dice que confiesa que lo aprendieron de Zenón; empero se admira que el Santo dijese que lo aprendieron de Pitágoras, sentido lo contrario, como constantemente lo prueba Lipsio. Yo quisiera que a Lipsio le asistiera para con el santísimo y doctísimo Padre aquella piedad con que por no confesar yerros en Plauto, ni en Marcial, ni en Varrón, y universalmente en todos los autores profanos, enmendaba, restituía lo que disonaba, pues era mucho más justo presumir y consentir yerro en todos ellos que en San Jerónimo, y más en cosa que no pudo ignorar. Agradezco a Lipsio el haberme dejado esta enmienda, cuanto le acuso el haberla dejado error. Son forzosas las palabras latinas del Santo: «*Omnes affectus tolli posse, omnesque eorum fibras, à Pythagora, et Zenone, Pelagianus hausisse.*» Es enmienda que en el yerro tiene de sí tantas señas como letras, pues en Pythagora están con su ortografía todas las de Apathia invertidas, y en el amanuense o impresores tuvo ocasión al ver las letras formales de Pythagoras en Apathia, y no conocer su figuración por ser griega, y parecerles que tratando de filósofos era voz confín a Pythagoras, y que no había filósofo de aquel nombre; hace forzosa esta enmienda el ser allí forzosa esta palabra *Apathia*, por ser la formal ocasión del error. Santo Tomás, doctor angélico, y con él todos, condenan esta insensibilidad católicamente, sin que pueda ser lícita alguna respuesta. Yo, para mostrar que no se me ha causado la afición con los Estoicos, confesando ser hoy herejía afirmarlo, y error en la antigüedad, como lo prueban todos, me esforzaré a interpretarlos. Ellos dicen que no se han de sentir algunos afectos, y esto enseñan y esto mandan. Persuádome que algunos, por la palabra *sentir*, entendieron dejar vencer de los afectos, puesto que de sentirlos nacen las virtudes, como la clemencia, piedad y conmiseración, y de vencerse de ellos procede la pusilanimidad para poder producir las virtudes. No es cortesía descaminada entender bien lo que dijeron algunos de aquellos que encaminaron todas sus acciones al bien; muchas cosas los debemos, débannos una.

Su descendencia y genealogía empieza en el origen de los Cínicos, en Zenón; prosigue en Cleantes, Crisipo, Zenón Sidonio, Diógenes, llamado Babilónico; Antípatro, Panecio, Posidonio, Perseo, Erillo, Aristodechio, Atenodoro, Esfero, Zenodoro, Apolonio, Asclepiodoro, Archidemo o Arched, y Soción. A la doctrina estoica añade la fuente de las ciencias Homero; Séneca, siendo Estoico, los negó esta honra y principio en la epístola 88, y con las propias razones que se le niega, se le debe conceder; no fue en Séneca envidia culpable, fue severidad celosa. Sócrates no fue Estoico; empero la doctrina estoica fue de Sócrates: lo propio digo de Sófocles y Demóstenes, de ninguno con más razón que de Sófocles. Filón se confiesa Estoico con el libro *Todo sabio es libre*. Platón no se puede negar que fue Estoico, si lo profesan sus obras. Entre los Romanos lo fueron los Tuberones, los Catones, los Varrones, Traseas, Peto, Helvidio Prisco, Rubelio, Plauto, Plinio, y Tácito, y Marco Antonio, emperador, y todos los que Sexto Empírico cuenta. Fue Estoico Virgilio, y siguió la Apathia, como expresamente lo enseña en el segundo libro de las *Geórgicas*: «*Neque illi, aut doluit miserans inopem, aut invidit habenti.*» Hubo algunos cristianos en la antigüedad que sintieron bien de los Estoicos; de éstos fue Arnobio, y más afecto Tertuliano, y el grande Panteno, doctor de Alejandría en las cosas sagradas. Dícelo San Jerónimo: «Panteno, filósofo de la secta Estoica, fue enviado a la India por la grande gloria de su erudición, a predicar a Cristo a los Brahmanes, y a los filósofos de aquellas gentes.» Autorizó la doctrina Estoica Clemente Alejandrino, como se conoce leyendo sus admirables escritos. San Jerónimo sobre Isaías, cap. XX, los califica con estas palabras: «*Los Estoicos en muchas cosas concuerdan con nuestra doctrina.*» Lipsio añade para lustre en nuestros tiempos de los Estoicos a San Carlos Borromeo, si bien fue más que Estoico, pues no cabe en la doctrina suya lo que cupo en su santidad cristiana. Yo añado al beato Francisco de Sales, pues en su introducción a la *Vida devota*, expresamente incluye el *Manual* de Epicteto, como se conoce en los capítulos de la humildad. Añado a Justo Lipsio: fue cristiano Estoico, fue defensor de los Estoicos, fue maestro de esta doctrina. El doctor Francisco Sánchez de las Brozas, blasón de España en la Universidad de Salamanca, se precia de Estoico; en el comento que hizo al cap. VI de Epicteto, él lo dijo. Yo no me atrevo a referir sus palabras; yo no tengo suficiencia de Estoico, mas tengo afición a los Estoicos: hame asistido su doctrina por guía en las dudas, por consuelo en los trabajos, por defensa en las persecuciones, que tanta parte han poseído de mi vida. Yo he tenido su doctrina por estudio continuo; no sé si ella ha tenido en mí buen estudiante.

Resta la defensa de Epicuro: no la hago yo; refiero lo que hicieron hombres grandes, ni en este caso es mi caridad la primera con este nombre. Arnaudo, en su libro que llama *Juegos*, la imprimió, mas dejando lugar a que yo no perdiese el tiempo en ésta.

No es culpa de los modernos tener a Epicuro por glotón, y hacerle proverbio de la embriaguez y deshonesta lascivia; lo mismo precedió en la común opinión a Séneca: execrable maldad fue en los primeros, que le hicieron proverbio vil para los que les siguieron necesariamente después; la infamia ajena más fácilmente se cree que se dice, y peor, pues siempre se añade. Diógenes Laercio dice que Diotimo, Estoico, de envidia fingió muchos escritos torpes y blasfemos, y le achacó otros a Epicuro, y los publicó para difamarle y desacreditar la escuela. Pocos hay en murmurar de otro, que no les parezca poco lo que oyen y verdad lo que creen. Esto sucedió a Epicuro con los demás filósofos, con la intervención de las ruindades de la envidia. Epicuro puso la felicidad en el deleite, y el deleite en la virtud, doctrina tan estoica, que el carecer de este nombre no la desconoce; desembarazó la atención de sus discípulos, como de trastos, de la dialéctica sofística, de la cual habló sola, porque la lógica en lo escolástico es grande y valiente, parte de la teología; y el condenar la dialéctica (entiéndese sofística) en que fundaban su mayor pompa los otros filósofos, fue ocasión de aborrecer y difamar a Epicuro. Con felicísimo estilo le defiende el primer fragmento de Petronio Arbitro; mucho pierde quien me obliga a traducir sus palabras: *estas cosas fueran tolerables, si hicieran lugar a quien se encamina a la elocuencia: ahora con la hinchazón de las cosas y el vanísimo rumor de las sentencias, sólo aprovechan para que cuando vengan a la corte sospechen que han sido llevados a otro orbe de la tierra; por esto me persuado que los muchachos se hacen ignorantísimos en las escuelas, pues ninguna cosa de las que no son en uso, oyen ni ven.*

Poco es para esta defensa voz elegante; oigamos voz elegante, doctísima y sagrada. San Jerónimo sobre la epístola de San Pablo a Tito: «Los Dialécticos, de quienes Aristóteles es príncipe, suelen tender redes de argumentos y concluir la vaga libertad de la retórica en las zarzas de los silogismos: si esto hacen aquellos de quienes la contención es arte propia, ¿qué debe hacer el cristiano, sino huir la contienda?» San Ambrosio en el *Exameron*: «De la manera que el agua (como dicen) puede estar sobre el orbe, revolviéndose el orbe; tal es la astucia dialéctica. Dame cosa a que te pueda responder, porque si no me la das, no responderé palabra.» San Agustín contra Cresconio, gramático: «Esta arte que llaman dialéctica, la cual no hace otra cosa sino demostrar con la conclusión, o la verdad a las verdades, o la mentira a las mentiras.» San Ambrosio, *de Fide ad Tratianum:* «Los herejes fundan toda la fuerza de su veneno en la arte dialéctica, la cual, por sentencia de los filósofos, se define arte que no tiene fuerza de instruir los estudios, sino de destruirlos.» No hubo otros filósofos sino los Epicúreos que dijesen que la dialéctica destruía, y no instruía los estudios. Sígase, que pues Epicuro con razón desechó la dialéctica sofística, y que con la verdad indignó contra si todos los filósofos, que valiéndose de la palabra *deleite,* en que ponía la felicidad, callando la virtud en que decía consistir el deleite, difamaron al filósofo más sobrio y más severo. Que Epicuro dijese quo no había deleite sin virtud, Séneca lo dice en el libro IV *de Beneficios,* cap. II: «La virtud ministra los deleites; no hay deleite sin virtud.» El mismo, en el libro de la *Vida bienaventurada,* cap. XII: «No se dan a la lujuria impelidos de epicuros; antes entregados a los vicios abrigaron en los retiramientos de la filosofía su lujuria, y acuden donde oigan alabar el deleite, ni buscan aquel deleite de Epicuro: así lo siento por ser sobrio y seco.» Y en el cap. XIII: «De verdad éste es mi parecer (diré a pesar de nuestro vulgo): Epicuro enseñó doctrina santa y recta, y así te acercas triste.» Estas palabras por sí tienen soberanía, dichas por nuestro Séneca, ¡cuan grande estimación solicitan a Epicuro! ¡Cuán justa indignación contra los ignorantes que le difamaron, y particularmente contra Leonides, autor de condenada memoria, por su libro, en que llama a Epicuro Tersites de los filósofos; y estudiando en su mengua oprobios que decir al gran filósofo, gasta su pluma en distraimientos de la envidia. Este inútil escritor griego le trata con tal ignominia, cuando Lucrecio en sus versos, consolando al hombre de que ha de morir, con referir que murieron los príncipes y los sabios, por último encarecimiento del poder de la muerte, dice:

> *Murió el mismo Epicuro fenecido*
> *El curso de su vida, el que en ingenio*
> *Todo el género humano aventajaba,*
> *Como sol celestial a las estrellas*
> *A todos los demás oscurecía.*

Mi Juvenal, que a mi juicio escribió la política en versos con nombre de sátiras (no sin cuidado), pues este género de filosofía más necesita de lo sátiro que de lo comendable, porque más veces está el bien en lo que se deja de hacer que en lo que se hace, reprendiendo los glotones y desordenados, pone por ejemplo de los sobrios y abstinentes en todo rigor a Epicuro, sátira 13:

> *Y quien ni lee los Cínicos, ni estudia*
> *Dogmas de los Estoicos, que difieren*
> *Solamente en la capa de los Cínicos,*
> *Ni a Epicuro contenta con legumbres*
> *Del huerto pobre.*

Y en la sátira 14:

> *Si me pregunta alguno la medida*
> *Del censo que será bastante, digo*
> *Que cuanto pide hambre, sed y frío,*
> *Y cuanto a ti, Epicuro, te bastaba*
> *En los huertos pequeños.*

Constante cosa es que se sustentaba el Epicuro de agua y hierbas. En una carta suya que cita Laercio, dice que pan y agua le sustenta, y pide un poco de queso para regalarse. Plinio dice fue el primero que introdujo huertos en la ciudad. Séneca habla de Epicuro con suma veneración, y se alaba de que no habla de él como el inútil y rabioso Cleomedes, libro de la *Vida bienaventurada*, cap. XIV: «Yo no digo lo que muchos de los nuestros, que la secta de Epicuro es maestra de maldades; empero digo: mal nombre tiene, infamada está, mas sin razón.» Sabía Séneca lo que Diógenes Laercio refiere en la vida de Epicuro, con estas palabras: «Diótimo Estoico, por aborrecimiento que le tenía, le difamó cruelmente publicando por de Epicuro quinientas cartas lascivas y deshonestas, y achacándole las que andan con nombre de Crisipo.» En todo tiempo ha habido hombres infames que han tenido en más precio infamar a los famosos, que hacerse famosos siendo infames; en Epicuro ya lo hemos visto; en Homero ya se vio en Zoilo, que hubiera sido el más vil ignorante si Julio Escalígero siguiéndole, y a Escalígero otros abominables idiotas, no hubieran excedido su afrenta. ¡Oh postrera impiedad! Hacer en Epicuro proverbio de los vicios, las virtudes; de la deshonestidad, al continente; de la gula, al abstinente; de la embriaguez, al sobrio; de los placeres represensibles, al tristemente retirado en estudio, ocupado en honesta enseñanza. Muchos hombres doctos, muchos padres cristianos y santos le nombraron con esta nota, no porque Epicuro fue deshonesto y vicioso, sólo porque le hallaron común proverbio de vicio y deshonestidad: en ellos no fue ignorancia, fue gravamen a la culpa que tenían los que con sus imposturas le introdujeron en hablilla. Séneca, cuyas palabras todos los hombres grandes reparten por joyas en sus escritos, repartió en las suyas las de Epicuro, donde se leen con blasón las estrellas. Cicerón llamó al libro que se intitula *Canon* entre las obras de Epicuro, *libro que cayó del cielo*. Escribió tantos libros, que dice Laercio fueron infinitos, y que excedió en el número a todos los filósofos; los títulos de todos son útiles, son decentes, son, como es lícito decir en un gentil, santos: entre otros, escribió el libro de *Apetencia y fuga*, que es toda la doctrina estoica que Epicteto abrevió en las dos palabras *Sustine et abstine*. Esto movió a Séneca en el libro de la *Vida Bienaventurada*, cap. XXX, a decir: «En esto difieren dos sectas, la Epicúrea y la Estoica, mas cualquiera encamina al ocio por diferente camino. Dice Epicuro: el sabio no se llegará a la República sino cuando interviniere causa. Zenón dice: llegaráse a la República el sabio si no se lo impidiere alguna cosa: el uno apreció el propósito; el otro la causa.» Igualmente se apiadaron del sabio Zenón y Epicuro en dificultarle los cargos políticos; parece que no puede admitirlos sin aventurarse; puestos son más apetecidos del asunto que del sabio. Más frecuente es Epicuro en las obras de Séneca, que Sócrates y Platón, y Aristóteles y Zenón. Él aprecia mucho de hacerlo, y da la razón en la epístola VIII: «Puede ser que me preguntes por qué de Epicuro refiero tantas cosas bien dichas, y no de los nuestros. ¿Por qué razón juzgas que estas voces son de Epicuro, y no públicas? Muchos poetas dicen lo que dijeron los filósofos o debieron decir.» Por esto en veinte epístolas Séneca le cita todas las veces que necesita de socorro en las materias morales que escribe: dice en la VII: «A Metrodoro, a Erimacho, a Polieno, varones grandes, no los aprovechó la escuela de Epicuro, sino el trato.» Calificaba alabanza de la vida de Epicuro, aprovechar más con el ejemplo que con la doctrina. En la IX refiere que dijo Epicuro: «Si a alguno no le parece bastante lo que posee, aunque sea de todo el mundo señor, es miserable.» ¿Quién puede ser sabio que no diga estas palabras? ¿Quién bueno que no las obre? En la XII dice que Epicuro dijo: «¿Qué tienes tú que embarazarte con lo ajeno? Lo que es verdad es mío, perseveraré en introducirte a Epicuro.» Al que Séneca quiere aprovechar con Epicuro le asiste. En la XIII: «¿Qué cosa hay más vergonzosa que el viejo que empieza a vivir? No añadiera el autor de esta sentencia si no fuera retirada entre los dichos de Epicuro, los cuales yo me precio de alabar y apropiarme.» ¡Oh grande Séneca, que te precias de lo que te aprovechas, que nombras al autor ignorado de la sentencia que te ilustra! Eres lo que se ve raras veces, fiel y docto. En la XVIII: «Tenía ciertos días señalados aquel maestro del deleite, Epicuro, en que escasamente satisfacía la hambre, para ver si faltaba algo del gusto consumado y lleno, y cuánto, y si era digna la falta de ser recompensada con grande trabajo: no gastaba un dinero cabal todo el sustento de Metrodoro, que no había arribado a tanta perfección.» Esta acción más facciones tiene de ayuno que de glotonería: más muestran a Epicuro y a Metrodoro penitentes que bacanales. En la epístola XIX: «Según lo pide el discurso nos hemos de valer de Epicuro, que dice: antes debes considerar con quién comes y bebes, que no lo que comes y bebes.» Primero quiere se aseguren las costumbres en la compañía, que satisfacer el apetito en la mesa. Epístola XXI: «¿Referiré el ejemplo de Epicuro escribiendo a Idomeneo, y queriéndole reducir al cambio ancho (así lo leo yo, no vida, ni vía especiosa, sino espaciosa) a la gloria fiel y permanente, siendo rígido ministro del poder, y ocupado en grandes negocios. Díjole: si eres ambicioso de gloria, más fama te darán mis cartas, que todas estas cosas que reverencias, y por que te reverencian. ¿Acaso mintió'? ¿Quién conociera a Idomeneo, si Epicuro con sus cartas no le hubiera ilustrado? Todos aquellos grandes magistrados y sátrapas, y el propio rey, de quien el titulo de Idomeneo se derivaba, alto olvido los sepulta.» Poderosa virtud, que con una carta reduce un tirano de la licencia del poder a la gloria segura de la virtud, y con una cláusula en que le nombra, le da la memoria que no pudo guardar del olvido su mismo príncipe. En la propia epístola: «A este Epicuro escribió aquella notable sentencia, con la cual le aconseja a Pythoclea no le enriquezca por el público y dudoso camino. Si quieres, dijo, enriquecer a Pythoclea, no le has de añadir dinero, sino quitarle la codicia.» ¡0h alma grande y generosamente docta, fecunda de partos tan felices! ¿Cuál seso humano sin luz de fe, encaminó al espíritu riqueza tan decente? Bien admiró nuestro Séneca estas palabras, pues consecutivamente dijo: «Tan clara es esta sentencia, que no necesita intérprete; tan docta, que no ha menester esfuerzo.» Y más abajo pocos renglones, bien a propósito de Cleomedes, y otras lechuzas ciegas de esta luz de Epicuro, dice Séneca: «Por eso de mejor voluntad refiero las admirables sentencias de Epicuro; porque aquellos que a su nombre disfamado se acogen llevados de mala esperanza, imaginando hallar rebozo de sus maldades, experimenten que en cualquier parte que se acogieren han de vivir bien.» Con este propio fin refiero todas las palabras de Epicuro, con el mismo le defiendo, deseo que nadie halle acogida en hombre tan admirable para su desenvoltura, rescato de poder de los vicios el talento admirable que se debe a los virtudes. No pudo ser tan eminente varón secuaz de las abominaciones; no lo fue, fue su reprensión, fue su desengaño. En la XXIII pudo responderte con la voz de tu Epicuro, y calificar esta carta: «Molesto es empezar siempre la vida, o si de esta manera se declara más este sentir; mal vive quien siempre empieza a vivir.» Esta voz no pudo salir por garganta frecuentada de ahítos y embriagueces, no pudo ser paso de oráculos y de glotonerías. Quien decía que vivía mal, quien siempre empezaba a vivir, no podía vivir como quien no piensa morirse. En la XXIV reprende Epicuro no menos aquellos que desean la muerte, que a los que la temen: «Qué cosa tan ridícula como apetecer la muerte, cuando con el miedo de la muerte inquietas tu vida.» En pocas palabras condena con suma elegancia Epicuro la opinión de algunos estoicos que referiremos, afirmando que el sabio puede y debe darse la muerte. Olvidóse Séneca que le citaba contra sí: no empero es falta de memoria, antes sobra de ingenuidad. No rehusó citar la verdad contra sí. En afirmar que se debía dar muerte el sabio, se mostró estoico, y en contradecirse, buen estoico. ¡Oh grande Séneca! Cuán felizmente sabes acertar, aun cuando te contradices. En la XXV: «Agua y pan desea la naturaleza, nadie es pobre de esto: pues quien en estas cosas descansó su deseo, puede competir en felicidad con Jove, como dice Epicuro, de quien alguna voz mezclaré en esta carta, de tal manera (dice) haz todas las cosas, como si alguno te viese.» Y pocos renglones mas abajo: «Lo mismo aconseja Epicuro. Entonces principalmente te retira a ti mismo, cuando eres forzado a estar en la multitud.» Estando sólo conocía Epicuro que eran testigos de sus acciones su conciencia dentro de él, y sobre él Dios; quería que el hombre obrase a solas como si fuera espectáculo de todos. Aconsejaba por más importante soledad la que se tenía en los propios concursos. Ninguno dijo primero que Epicuro que el mejor solitario era el que sabía estar solo entre la gente. En la XLVI, tratando de un libro que le envió Lucilo, y alabándole encarecidamente dice: *Quam dissertus fuerit ex hoc intelligas, licet levis mihi visus est, cum esset nec mei, nec tui temporis, sed qui primo aspectu, aut Titi Livii, aut Epicuri posset videri.* He trasladado las palabras latinas, porque como reconocerá el docto que tiene ingenio, están erradas, yo las leo y restituyo así; *Brevis mihi visus est, nec esse mei, nec tui temporis*: lo que confirma el *sed*, que con relación comparativa le juzga por digno de Tito Livio, o de Epicuro: *Levis mihi visus est*, leí *brevis*; que la mayor señal de que en libro es bueno, es que parezca breve, y el error fue fácil. Esta es la versión del lugar, como lo he leído. «De esto podrás entender cuán docto me pareció tu libro, parecióme breve, que no era de tu tiempo, ni del mío, sino que a la primera vista podía parecer de Tito Livio, o de Epicuro.» Bien encarecido queda el alto espíritu de Lucilo, de donde se conoce lo sublime del estilo de Epicuro, pues porque creyese la oración, le nombra Séneca después de Livio. En la LIV dice Epicuro: «Hay algunos que se encaminan a la verdad sin socorro de otro, de si hicieron camino para sí; éstos alaba sumamente, a los cuales asistió su propia inclinación, que ellos mismos se aventajaron; otros necesitan de ayuda ajena, que no fueran a la verdad, si alguno no les precediera; empero siguen bien: de éstos, dice, es Metrodoro.» No gasta Epicuro palabras en otros sujetos, que en la virtud, en el virtuoso y en la verdad. En el LXVII: «Daréte en Epicuro división de los bienes, semejante a la nuestra. En su opinión hay algunos bienes que él deseara tener, como la quietud del cuerpo, libre de toda incomodidad, la remisión del ánimo, contento con la contemplación de sus bienes. Otros hay, que si bien no los desea, los alaba y aprueba, como la falta de salud, que ya dije, y la molestia de gravísimos dolores y enfermedades, en la cual estuvo Epicuro, aquel día suyo postrero fortunadísimo: dice que padecía de la vejiga y úlceras del vientre, dolores que no podían aumentarse, y con todo llama bienaventurado aquel día.» Reconoce Séneca a Epicuro por estoico en la división de los bienes: yo le reconozco por el mejor estoico en la tolerancia de los últimos dolores. Quien de todos los días que vivió llamó sólo bienaventurado aquel en que combatido de excesivos dolores moría, ¿cómo fue creíble que tenía por bienaventuranza los desórdenes del vientre? El grande Epicuro, ni despreció la muerte, ni la temió, ni los dolores se la hicieron desear, ni aborrecer. Hizo lo que dijo, murió como decía que se había de morir, vivió para poder morir, como lo dijo. Epístola XCIII: «¿Acaso no te parece igualmente increíble, que quien está padeciendo sumos tormentos diga soy bienaventurado? Y con todo, esta voz se oyó en la misma oficina de los deleites: Bienaventurado es este día en que espiro, dijo Epicuro, cuando las úlceras de los intestinos y el dolor insuperable de la orina le atormentaban.» Repetir Séneca cuatro veces esta acción y palabras de Epicuro en sus epístolas, no es proligidad, sino admiración. No es pobreza de noticia de otro ejemplo, es pobreza de otro ejemplo, en otro que Epicuro. Verdad es que es decir una misma cosa, más algo más trae, cuanto se repite más. No se contenta Séneca con decirlo, vuélvelo a decir para persuadirlo. Muchas veces se ha de decir la cosa, que pocos hacen alguna vez, y que todos deben hacer muchas. En el libro de la pobreza a Lucio, por empezarle Séneca con majestad, dice: «Dice Epicuro que es honesta cosa la pobreza alegre.» ¿Qué cosa pudo decir más honesta Epicuro, ni se pudo oír con mayor alegría? En otros muchos lugares cita Séneca a Epicuro, que dejo por no crecer en libro este cuaderno, donde lo que Diógenes Laercio, Séneca, Petronio y Juvenal dijeron de Epicuro muestra su grande doctrina, su encarecida virtud, su alta elocuencia, su rica pobreza, su abstinencia y su constancia, y juntamente la causa de que los otros filósofos le envidiasen, hasta fingir obras deshonestas e infames, y publicarlas por de Epicuro. Grande es esta defensa donde bastaba nombrar a Séneca; empero mayor es el haber yo referido lo que él enseñó y dijo, como Séneca lo cita. Dará fin a esta defensa la autoridad del Sr. de Montaña, en su libro, que en francés escribió, y se intitula *Essais ó Discursos*, libro tan grande, que quien por verle dejara de leer a Séneca y a Plutarco, leerá a Plutarco y a Séneca. En el cap. II de le crueldad, lib. II: «Parece que el nombre de la virtud presupone dificultad y contraste, y que no se puede ejercitar sin padecer. ¿Esto acaso puede ser causa por la cual nosotros llamamos a Dios bueno, fuerte, liberal, justo? Empero nosotros no le llamamos virtuoso: sus operaciones son todas puras y sin contraste. De los filósofos, no sólo los estoicos, sino los epicúreos, y a éstos yo les defiendo de la opinión común, que es falsa, no obstante aquel mote sutil, de quien le dijo, eran infinitos los que pasaban de su escuela a la de Epicuro y ninguno al contrario. Yo creo bien, que de los gallos se hacen muchos capones, más de los capones nunca se hizo un gallo; porque a la verdad, en firmeza y rigor de opiniones y preceptos, la secta epicúrea no cede en ninguna manera a la estoica.» Y en el propio libro, cap. X de los libros: «Plutarco tiene las opiniones platónicas, dulces y acomodadas a la compañía civil: el otro las tiene estoicas y epicúreas, más apartadas del uso común, según mi parecer, más acomodadas en particular, y más firmes.» Cicerón, *De natura deorum*, libro I, manda que Epicuro sea tenido en reverencia; éstas son sus palabras: «El solo vio primero que hay dioses, cuya razón, fuerza y utilidad, recibimos de aquel libro suyo celestial, *De la regla y del juicio*.» Y en el primero de las *Cuestiones tusculanas*, dijo: «No sólo de los epicúreos, a los cuales yo no desprecio, antes, no sé por qué, del hombre docto son despreciados.» Severo el Sr. de Montaña, juzga que en lo verdadero, rígido y robusto no cede la doctrina de Epicuro a la estoica: no dice que la excede, no, porque no es verdad, sino porque no era fácil de creerse; dice que Plutarco era platónico, cuyas opiniones son opuestas a las estoicas y epicúreas; esto es, descubrir la causa, porque tan esclarecido varón como Plutarco, vencido de la pasión de su secta, contradijo con tanta pasión la estoica.

He procurado desempeñarme de las promesas de esta introducción previa a la doctrina estoica. La secta es fuera del común sentir, mejor diré, contraria; los términos con que se declara son forasteros a los espíritus vulgares, más altos de lo que puede percibir la oreja: por eso dijo Séneca, XIII: «No hablo contigo en la lengua estoica, sino en otra más baja»; es lengua no sólo diferente, sino extraña la de la verdad; es amarga, óyese, y en vez de aprenderse se teme: en esta lengua escribió Epicteto, en esta escribió Epicuro, no en la que le achacaron a la gula y embriaguez los que no conocieron su culpa en no obedecerla. Difamáronle, los torpes filósofos idólatras. Admiróle Séneca, admiróle: con él deshonra al grande cordobés, quien no lo creyere en esto, quien no le siguiere. No soy quien le defiende, oficio para mí desigual; soy quien junta su defensa, porque no pueda blasonar el vicio, que fue tan admirable filósofo su secuaz. Errores tuvo Epicuro como gentil, no como bestia: aquéllos le condenan los católicos; éstos le achacaron los envidiosos, y después por hallarle ya común proverbio y único de los vicios, los doctos y los santos le advirtieron por escándalo: San Crisólogo, sermón V: *Epicuro se tradunt, ultimo de sperationis et voluptatis autore.* Comunmente se dice negó la inmortalidad del alma; este error tan feo no se colige de su vida ni de sus palabras, ni de llamar bienaventurado el día en que moría atormentado de inmensos dolores: antes es confesión de lo contrario, según las señas que da el Espíritu Santo, de los que no creen otra vida en el Libro de la Sabiduría. Las señas de hombre sin Dios, son gozar de todos los placeres y gustos, porque no creen otros; empero no gozar de ninguno y abstenerse de todos, y llamar bienaventurado el día de la muerte, señas son de creer otra vida. Acúsanle de que negó la Providencia divina: yo trato este punto en mi libro que intitulo: *Historia teologítica, política de la divina Providencia*. Sea que erró en esto, mas diga la causa el grande Padre Agustino, en su libro de *Las ochenta y tres cuestiones*, donde prueba que la ceguedad de la mente no puede ver a Dios: «De la manera que la vista de los ojos, si está enferma, juzga que no hay lo que no ve, por demás la imagen presente asiste a los ojos cuando tienen cataratas, así Dios, que en todas partes está, no puede ser visto de los ánimos cuya mente está ciega.» Por esto no vio Epicuro a Dios y a su providencia; porque su mente no alcanzó la vista, que a nosotros nos da la fe que alcanzamos. Y, pues, por misericordia de Dios tenemos la luz que le faltó a él y a todos los filósofos gentiles, estimemos lo que vieron, y no les acusemos lo que dejaron de ver; cuando lo condenáremos no difamemos su memoria, sí contradijéremos sus escritos. Oigamos por Epicuro a Eliano de varia historia, lib. VI, en el título *Epicuri sententia et fælicitas*. Epicuro Gargecio decía: «A quien poco no le basta, nada le basta.» El mismo decía que se atrevería a competir de la felicidad con Júpiter, si tuviera agua y pan. Habiendo tenido Epicuro este sentimiento, otra vez trataremos con qué intención alabó el deleite.

Nada dejó por decir Eliano en defensa de Epicuro, y aunque no declaró, como lo promete, de qué deleite hablaba, en Cicerón se lee repetidamente, *L, De natura Deorum*: «Nosotros los epicúreos ponemos la bienaventuranza de la vida en la paz del alma, y en carecer de todas las dádivas.» Y en el tercero de las *Tusculanas*: «Niega Epicuro que se puede vivir bien sin virtud. Niega que la fortuna tenga alguna fuerza en el sabio, antepone la comida pobre a la espléndida. Niega que hay algún tiempo en que el sabio no sea bienaventurado.» Y en el primero de *Tusculanas*: «Vienen no sólo catervas de epicúreos, que contradicen, a los cuales no desprecio: más no sé cómo cualquiera doctísimo lo desprecia.» Yo me admiro de lo que se admiró Cicerón en el segundo *De Finib*. «Epicuro siempre dice que el sabio es bienaventurado, tiene fin en las codicias, desprecia la muerte, siente sin algún miedo la verdad de los dioses inmortales, no duda si será mejor salir así de la vida: instruido con estas cosas, siempre está en deleite.» Y en el segundo *De Finibus*: «Niega Epicuro (ésta es vuestra luz) que nadie pueda vivir con deleite, que no viva honestamente.» Y en el tercero de las

Tusculanas: «No sin causa se atrevió a decir Epicuro, siempre goza de muchos bienes el sabio, porque siempre está en deleite.» Y hablando Cicerón en la proposición capital que acerca de la Providencia divina le acusan, dice en el tercero de las *Tusculanas*: «Con verdad pronunció Epicuro aquella sentencia: Lo que es eterno y bienaventurado, ni padece negocio ni le hace padecer.» Si esto ha de ser verdad, es forzoso que se regule con la fe santa y católica, entendiendo que Dios, aunque cuida de todo, él no padece cuidado ni ocupación de toda su Providencia, que le embarace o sea molesta, achaques de los que los hombres llaman negocios, cuidados y ocupaciones.

No ignoro que el propio Cicerón acusó a Epicuro en muchas cosas, y le contradijo en muchas opiniones. Sucede a Cicerón contradecirse, así lo dice Quintiliano, libro III, cap. XIII: *paulum in his secum etiam Cicero dissentit*: mas con reverencia de tan grande varón, oso decir que Cicerón fue muy interesado en sus opiniones, y que padeció en su defensa la terquedad de causídico, que procuran por el precio, no sólo disculpar los delitos, sino defender las virtudes y méritos. Y es cierto que en los libros de la filosofía mostró Cicerón más su oficio que su seso: quien los leyere me disculpará con lo que leyere, y verá son estas palabras menos de mi pluma que de la suya. En el primero *De natura Deorum*, dice : «Y de verdad, no entiendo por qué razón Epicuro quiso más decir que los dioses eran semejantes a los hombres, que decir que los hombres eran semejantes a los dioses.»

Admírame que Cicerón ignorase cosa a que le puede responder cualquier ignorante, como en mí lo verifico: fue la causa que como no se ve, ni alcanza, ni puede comprender la naturaleza de Dios, y la del hombre se ve y entiende por advertencia científica, declarar lo no conocido por lo conocido a nuestro modo de entender, y lo contrario, era irracional axioma repetido. Cristiano es: «Por las cosas que fueron hechas, se ven las cosas que se entienden.» Enséñanos esto la Iglesia católica con la sagrada adoración de las imágenes de Dios Padre, y del Espíritu Santo, y de las almas y ángeles, pintándolas a semejanza de los hombres, para que nuestros sentidos sean capaces de lo incomprensible, a nuestro modo de entender.

En otra parte dice Cicerón, se espanta que Homero quisiese más pintar a los dioses como hombres, que a los hombres como dioses. Pues Cicerón repite esta (a su parecer) advertencia; preciado estaba de ella, o empeñado en acreditarla, cosa aun a su elegante persuasión difícil. Yo no califico a Epicuro, refiero las calificaciones que hallo escritas de su doctrina y costumbres, en los mayores hombres de la gentilidad; diligencia hecha primero por Diógenes Laercio, por Eliano, por Séneca, por Cicerón, y en nuestros tiempos por Arnaudo, en que yo que los junto soy el sexto, que no pudiendo añadir autoridad a esta defensa, la añado un número. Dos cosas, empero, añado, y pongo en consideración a los lectores: que Cicerón para impugnar en algunas partes la doctrina que fue de Epicuro, se vale de lo que falsamente le impusieron sus envidiosos con cartas fingidas. La otra que se lee frecuentemente, que desterraron de diferentes repúblicas los Epicúreos, más nunca a Epicuro: antes Cicerón dice que por veneración de su memoria se traía su retrato en los dedos en anillos, y Laercio, que se le hicieron estatuas, y se le señalaron fiestas. De esto, tengo por causa que Epicuro, para atraer fáciles a los hombres a la virtud, la llamó deleite, nombre que hace más gente en nuestra naturaleza que el de virtud y autoridad y filosofía. Los viciosos, que fueron los Epicúreos desterrados, acudieron al nombre deleite, para autorizar sus vicios y desautorizar a Epicuro. Lo que consiguieron, sin culpa de los que le nombran proverbio de gula y deshonestidad; no de otra manera que ha sucedido en nuestra España a Juan de la Encina, que, siendo un sacerdote docto y ejemplarísimo, cuerdo y pío, como consta de sus obras impresas, en que se leen muchas de seria erudición, a quien llevó en su compañía el excelentísimo señor Marqués de Tarifa cuando fue en voto a visitar la Casa Santa, que, no sólo le honró con su lado, sino imprimiendo en el libro que Su Excelencia hizo de su viaje, el propio viaje escrito en verso por el mismo sacerdote Juan de la Encina; sólo porque entre otras obras de versos suyos imprimió un juguete que llamó *Disparates*, se ha quedado injustamente por la tiranía del vulgo en proverbio de disparates, tan recibido, que para motejar de necedades las de cualquiera, es el común y universal modo de decir, son disparates de Juan de la Encina. A mi ver, es tan ajustado el caso, que se pueden consolar el uno con el otro, y desengañar a todos del agravio, sin razón de entrambos. Clemente Alejandrino, *stromatum* I, llama a Epicuro príncipe de los autores impíos, y San Agustín en muchas partes. Empero, hablan del Epicuro que hallaron introducido en proverbio de la maldad y de la doctrina impía, que al nombre de Epicuro atribuyó falsamente Diotimo.

Temo, escarmentado, que unos hombres que en este tiempo viven de hazañeros del estudio, cuya suficiencia es gestos y ademanes, han de ladrar el haber osado yo moderar a Cicerón las alabanzas en la filosofía; quiero entretenerles los dientes con las palabras del *Diálogo de los oradores*, cuya posesión anda dudosa entre Tácito y Quintiliano: en las obras del uno se imprime con nombre del otro. Dice así, hablando de Cicerón: «Porque sus primeras oraciones no carecen de vicios de la antigüedad, es lento en los principios, largo en las narraciones, ocioso en los fines, tarde se conmueve, raramente se enciende.» Y aunque estas acusaciones no son pocas, ni leves, añade muchas más. Consideren estos doctores en tropelía que, si en la arte oratoria, que fue su blasón y su oficio, y toda su presunción, fue tan reprensible, que no es considerable que lo sea en la filosofía, ni yo soy el que sólo en esta parte no le admito. Léase a Hortensio Laudio en sus paradojas; léase Mayaxio cuán sólidamente opugna las paradojas de Cicerón.

Y si estos censores avinagrados, que apoyan lo auténtico de sus embustes en las rugas de su frente, hubieran leído al propio Cicerón, y todo el primer libro de *Los fines de bienes y males*, frenaran en estas palabras sus lenguas: «*Accurate autem quondam á L. Torquato, homine omni doctriná erudito defensa est Epicuri sententia de voluptate.*» «Con gran cuidado en otro tiempo fue defendida la sentencia de deleite de Epicuro por L. Torcuato, hombre erudito en toda doctrina.» Conocieran a su pesar cuán antigua es la defensa de Epicuro, y cuán grandes hombres la hicieron , y si leyeran todo el libro hasta el fin, vieran erudita, eficaz, honesta y verdadera la defensa de Epicuro, según él la enseñaba, no como se la inficionaron los envidiosos, que le impusieron cartas y tratados disolutos y sacrílegos. Y si bien en el segundo libro Cicerón impugna la defensa hecha en el primero por Torcuato a las opiniones de Epicuro, son, leídas con seso, réplicas que sólo condenan el que las hace.

Sexto Empírico hace en sus obras muy frecuente mención de Epicuro, *Adversus Mathematicos*, al principio dice: «De una propia suerte parece que sienten los Epicúreos y los Pyrrhónicos, más no con una propia acción.» Y pocos renglones más abajo: «En muchas cosas es avisado de ignorante Epicuro, y por no puro en el común hablar, puedo ser la causa el aborrecer a Platón y a Aristóteles, y a otros semejantes que se preciaban del conocimiento de muchas disciplinas.» No dice Sexto Empírico que fue tenido por ignorante, porque lo era, sino porque tenía por ignorantes a Platón y a Aristóteles.

Y en el propio libro, cap. III, cuyo título es ¿Que es la gramática? empieza: «Siendo así que de parecer del sabio Epicuro no es lícito inquirir, ni dudar, sin anticipación, será conveniente, antes todo, considerar qué es gramática». Y en el capítulo XIII dice: «Averíguase que Epicuro aprendió sus principales dogmas de los poetas.» Y los verifica con Homero y con Epicharmo. Y en el propio capítulo dice: «Epicuro no tomó de Homero el decir que el término de la grandeza era el deleite: muy diferente es decir que algunos cesaron de comer y beber y haber satisfecho su apetito, como decir:

> *Después que el apetito fue vencido*
> *De comer y beber*

»Ha de decir que es el término de las grandezas en los deleites la carencia de dolor.» Más benignamente declara esta opinión Sexto Empírico que Cicerón. En este sentido prometió declararla Eliano. Prosigue tres renglones más abajo: «Decir que la muerte es nada, Epicharmo lo dijo, mas demostrólo Epicuro, y lo admirable no fue decirlo, sino demostrarlo.» En el libro VII contra los matemáticos, dice: «Cuentan a Epicuro con éste, como quien desterraba la lógica contemplación. Otros hubo que afirmaron que no desterraba en universal la lógica, sino sólo la de los estoicos.» Y en el libro X, folio 466: «Decía Epicuro que la filosofía era operación que con razones y argumentos hacía la vida bienaventurada.» No dijo que la embriaguez y lascivia, sino la filosofía. Y estos méritos reconoció aquel verso que se lee en Petronio:

> *Ipse pater veri doctus Epicurus in arte.*

Blasón que, si bien en Petronio está profanado, cuya ironía ocasionó Cleomedes, llamándole inventor de la verdad, cuando falsamente afirmando dijo, que el sol se apagaba chirriando en el mar, como una lucerna. Empero es tan único Epicteto en la gentilidad, que no se lee de otro hombre a quien aquellas almas erradas que mancilló la idolatría llamasen padre de la verdad, sino sólo a Epicuro: que le llamaron así por aclamación consta. Y la razón la colijo yo de Sexto Empírico contra los matemáticos, pág. 197: «Como a Epicuro, por razón de que muchos a una voz dicen de él que halló la verdad.» Hallo que Lactancio, *De divino premio*, libro VII, cap. I, dice estas palabras: «Sólo Epicuro, según Demócrito, fue verdadero; en ésta, pues, dice, que el mundo tuvo principio y tendrá fin.»

Yo bien sé que no halló la verdad, y que sólo la halla quien halla a Cristo Nuestro Señor, que es verdad, camino y vida. Bien sé que no fue padre de la verdad; porque sé que Dios es sólo verdadero, y que es Dios verdadero de Dios verdadero. Y sé por las palabras del Apóstol: «Que Dios es verdadero, y todo hombre mentiroso, como está escrito.» Condeno en Epicuro todas las palabras y opiniones que condena la santa y sola verdadera Iglesia católica romana.

Defiendo su opinión infamada por los envidiosos, no con mis palabras, sino como se ha leído con las de Diógenes Laercio, con las de L. Torcuato, con algunas de Cicerón, con Eliano, con toda la pluma de nuestro gran Séneca, con la severidad de Juvenal, con el peso elegante y admirable del juicio del Sr. Montaña, con la diligencia de Arnaudo. Advierta, pues, el interesado en su terquedad, que en no restituir a Epicuro, condena a todos los referidos por peores que Epicuro, según él se acusa. Repare en el nombre de Séneca venerable, empeñado en esta defensa: reverencie en sus escritos toda la majestad de la filosofía idólatra: no se constituya reo de tan facineroso desprecio, que será juntar a lo idiota lo profano.

Y porque se conozca que son antiguos estos oprobios a los que difaman a Epicuro, referiré las palabras de Diógenes Laercio, con que responde a todos aquellos que refiere. Decían de Epicuro era bebedor, y que tenía su felicidad en el deleite, y el deleite en la glotonería y embriaguez y rameras. En el lib. X, al principio, dice *Sed hi profecto insaniunt.* «Más de verdad éstos no saben lo que dicen; porque afirman muchos fue este varón increíblemente agradable a todos. Testifícalo su patria, que le honró con estatuas de metal, y la inmensa cantidad de amigos que todas las ciudades llenaba, los discípulos que le asistían, a quien instruyeron aquellas dogmáticos sirenas, menos un Metrodoro Estratonicense, que se pasó de él a Carneades, sin duda porque le era pesada de aquel incomparable varón la bondad inmensa, y la perpetua sucesión de su escuela, que despoblándose las demás todas permaneció sola, continuándose con repetidos concursos. Tuvo suma piedad para sus padres, fue bienhechor de sus hermanos, clementísimo con sus esclavos, como se lee en su testamento, pues juntamente con él filosofaron, entre los cuales fue clarísimo el que referimos, fue su apacibilidad extremada para con todos. ¿Qué diré del culto de los dioses?» Palabras son éstas fielmente traducidas de Laercio en el lugar citado, en que se conoce cuáles razones movieron a nuestro Séneca a alabar tanto su doctrina y a preciarse de ella, y juntamente con las postreras palabras que encarecen en Epicuro el culto de los dioses, me acuerdo de lo que dijo Séneca en el lib. IV *De los beneficios*, cap. IV: «No da Dios beneficios; mas seguro y descuidado, apartado del mundo hace otra cosa (o lo que Epicuro juzga por mayor felicidad), nada hace.» De estas razones coligen todos que Epicuro sintió que no había Providencia; y siendo así, como Laercio dijo, que cuidó del culto de los dioses, parece, como lo tengo declarado, que no quiso decir que no hacía nada, sino que lo hacía sin padecer cuidado en hacerlo, o solicitud embarazada; nuestra manera de hablar en español me declara: decimos de quien hace algo sin cuidado, parece que no hace nada, nada hace en hacerlo.

En el lib. IV *De los beneficios*, cap. II, son estas las palabras de Séneca: «En esta parte tenemos controversia con la turba delicada y umbrática de los epicúreos, en su convivio, de los que filosofan acerca de ellos, la virtud es ministra de los deleites, a ellos obedece, a ellos sirve, vélos sobre sí, dice, no hay deleite sin virtud.»

Esta cláusula no razona contra Epicuro, sino contra la turba de los epicúreos. Ya tenemos dicho cuán diferentes son. Advierto empero que las palabras de los epicúreos son: «La virtud es ministra de los deleites.» Esto impugna Séneca. Las palabras de Epicuro son: «No hay deleite sin virtud.» Cicerón, en el lugar citado lo confesó. Honesta ilación es, que si no hay deleite sin virtud, que el deleite que hay es virtuoso. Séneca aquí, más útil que sólido, dice contra los epicúreos: «No hay virtud si puede seguir; sus principales partes son guiar, debe reinar y estar en el sumo lugar: tú la mandas que siga.» Y pocas palabras más abajo: «De esto sólo se disputa si la virtud es causa del sumo bien, o si es el sumo bien. ¿Juzgas que preguntar esto es sólo inversión del orden? Mas ésta es confusión, y manifiesta ceguedad preferir lo postrero a lo primero. No me indigna que después del deleite se ponga la virtud, sino que totalmente se mezcla con el deleite.» Bien a propósito me valdré de Agelio en dos lugares expresos, en que contra Plutarco defiende a Epicuro, en razón de acusarle la misma colocación de términos en los silogismos. Lícito es responder a Séneca con lo que se responde, y aun se reprende a Plutarco por la doctrina de Epicuro, Agelio, lib. II, cap. VIII: «Plutarco, en el segundo libro de los que compuso de Homero, dice de Epicuro: necia e ineficazmente usó del silogismo»;

y cita las propias palabras de Epicuro: «La muerte no nos toca, porque lo desatado no siente, y lo que no siente no nos toca.» Acusa Plutarco que dejó pasar lo que en primer lugar había de decir. La muerte es disolución del alma y del cuerpo: demás de esto, habiendo olvidado el antecedente que debía poner primero, usa de él como si lo hubiera puesto para sacar la conclusión. Perfectamente en esta parte este silogismo, si no precede esta mayor, no puede concluir. Con verdad concluyó Plutarco esto tratando de la forma y orden del silogismo; porque si se ha de discurrir conforme el orden y método lógico, así se debía discurrir. La muerte es disolución del alma y del cuerpo. Lo disuelto no siente, lo que no siente no nos toca. Más Epicuro, siendo tal hombre, no dejó por ignorancia aquella parte del silogismo ni pretendió formar el silogismo con todos sus números y fines, como en la escuela de los filósofos: antes por ser evidente la separación del alma y del cuerpo en la muerte, no le pareció necesario expresarla, por ser cosa notoria a todos: de la misma suerte puso la conclusión del silogismo, no en el fin, sino en el principio. ¿Quién no echa de ver que no se hizo por ignorancia? También en los escritos de Platón hallarás silogismos defectuosos.»

En el cap. IX el propio Agelio dice así: «En el propio libro Plutarco reprende al propio Epicuro, que usó de una palabra poco propia y de impropia significación. Estas son las palabras de Epicuro. Definición de la magnitud de los deleites, carencia de todo dolor: no debió decir de todo dolor, sino de toda cosa congojosa y triste: dice que la carencia se ha de significar del dolor, no del dolorido. Demasiada menudencia y casi frialdad es la de Plutarco en acusar a Epicuro, observando las dicciones. Estos cuidados de palabras y elegancias, no sólo no las afecta Epicuro, antes las condena.» Hasta aquí son palabras de Agelio, y con ellas hemos respondido a la delgada contradicción de nuestro Séneca a los epicúreos, y añadido otro defensor a Epicuro en la antigüedad.

Advierto que Séneca, hablando de la turba epicúrea, la llamó *delicata et umbratica*, palabra de represión, como se ve en Petronio: «*Nondum umbraticus doctor in Xevia deleverat.*» Que a Epicuro ya hemos visto que le llama sabio, y a su doctrina santa.

Lactancio, en el libro III *De falsa sapientia*, capítulo VII, dice: «Epicuro decía que el sumo bien estaba en el deleite del ánima. Aristipo, en el deleite del cuerpo.» Por este lugar se conoce que Epicuro no ponía la felicidad en el deleite del cuerpo; parece se ha de enmendar este lugar en Lactancio, y leer Crisipo donde se lee

Aristipo, pues consta de Diógenes Laercio en la vida de Epicuro, escribió cartas lascivas y deshonestas, que Diotimo impuso a Epicuro, y murió de beber, y se emborrachaba, si bien Aristipo fue viciosísimo, y como refiere Diógenes Laercio en su vida, Xenophón le aborreció, y escribió un libro contra el deleite, por ser Aristipo defensor del deleite, que es lo que Lactancio le atribuye, lo cual defiende la lección y prueba en favor de Epicuro; empero yo, si se ha de enmendar, antes lo enmendaría en Laercio, leyendo Aristipo, movido de las palabras referidas y de la disolución de sus acciones, que son las que acusan a Epicuro, y no se leen de Crisipo.

No es mía sola la opinión de que son diferentes doctrinas la de los que llaman epicúreos y la de Epicuro, y que aquélla fue condenada y ésta admirada. El doctísimo español Francisco Sánchez de las Brozas, en su prólogo a Epicteto, lo dice con estas palabras, en que defiende acérrimamente la doctrina y virtud de Epicuro, prefiriéndola a la estoica y a la peripatética.

«Otros, como fueron los epicúreos, dijeron que, pues no había más que nacer y morir, que todo regalo corporal se debía preferir.

»Tres opiniones que más tocaron la verdad quiero examinar, y después veremos cuál siguió Epicteto. La primera y la mejor de todas fue la del filósofo Epicuro, si bien se entendiera, fue que puso la felicidad y la bienaventuranza en el deleite y contento. Aristóteles, en el libro X de sus Morales, declara esta opinión, y la aprueba mucho, diciendo que este deleite y gozo se entiende en el ánimo; porque dice que los dioses del cielo se llaman propiamente Machares, que es decir muy gozosos; así, que el deleite del ánimo es el que da la bienaventuranza. Esta opinión de Epicuro vino a ser tan abominable, por ser mal entendida de sus secuaces, y tomada corporalmente, y en afrenta de su inventor, porque él fue muy abstinente y muy buen hombre.»

El maestro Gonzalo Correas, en sus notas a la tabla de Cebes, tiene esta opinión con tales palabras: «Epicúreos los que siguieron a Epicuro, que puso la felicidad en el deleite, y entendiéndolo él del ánimo, se lo interpretó el vulgo por el deleite corporal.»

Juan Bernacio, hombre docto, que en nuestro tiempo ha sido el solo comentador juicioso, asistiendo a la mente y al texto filosófico del autor, cuando todos se ocupan en confundir con manuscritos y borrar con enmendaciones los autores en las cosas, que ignoradas no hacen falta a la doctrina, creciendo el volumen y la nota en examinar si uno se llamó Liberio, o Niberio, o Linerio, como si hubieran de casar con él una hija sin importar a la sentencia, en su comentario a Boecio, en el libro admirable *De Consolación*, libro III, prosa 2.ª, tiene esta opinión por la inocencia de Epicuro, con estas palabras: «Epicuro es tenido por maestro de maldades: Preguntará alguno si con razón, siendo así que el deleite de Epicuro se refiere a lo poco y a lo tenue, y la que nosotros llamamos virtud llama él deleite.»

Responde Bernarcio en esta cláusula con Séneca, en el libro *De la vida bienaventurada*, cap. XIII, y añade el lugar de Eliano ya citado por mí.

Oberto Gifanio, sobre Lucrecio, en la carta a Juan Sambuco, tratando de las cosas que escribió tocantes al ánimo en deleites y vicios, dice:

> «*De ijs profecto tam escribit copiosè, et sanctè , ut verum esse videatur, id quod de Epicuro scribit Diogenes, falso accusari eum à quibusdam, quod voluptati nimium tribuerit; meramque eorum esse calumniam, qui ea, quæ vir ille de animi tranquillitate intellexisset, ad corporis voluptates detorquerent, quâ de re, etiam initio libri secundi poëta noster elegantissimis canit versibus: et clarissimus Imperator Cassius Epicuri ac Philosophiæ studiossus ad Cicer. ij, inquit, qui à nobis vocantur, sunt omnesque virtutes, et colunt et retinent, ut ipsius Epicuri verbis ibidem commemorat Cassius. Cicero ipse huic hæresi, maximè inimicus, multis tamen locis bonos viros epicureos, nullosque ex Philosophis minus maliciosos esse ait.*»

Si se persuadiesen unos hombres que son graduados por sí propios, de que Gifanio habla con su presunción, dando un tapaboca al chisme que oyeron, y apoyan en las palabras de Cicerón, que de Epicuro habló con discursos, unos desmentidos de otros, no juzgaría haber perdido el tiempo, si bien tengo por difícil reducir hombres catedráticos de su ignorancia, que pasan lo lego por profeso, sin saber otra facultad que la de que usan, para juzgar y reprender. Empero, si despreciando la autoridad de tantos y tan graves autores perseveraren en difamar a Epicuro, disculpado estará quien a ellos los despreciare, y desesperando de la persuasión les doy por consejo que se abstengan de la represión de las costumbres que los Griegos envidiosos achacaron a Epicuro, por no condenar inadvertidos las suyas propias, de que pueden prometerse crédito, y no defensa.

Señor licenciado Rodrigo Caro, Vm. que sólidamente defendió la opinión de Flavio Dextro, poniéndose docto a la vulgar noticia, atenderá con experiencia piadosa y bien informada al aparato de calumnias que me prevengo en las bocas, que tiene dedicadas la milicia a ladrar y morder; mastines de los libros, que, asalariados de la rabia contra el estudio, ponen la suficiencia en el veneno de sus dientes, en tanto que la verdad, saludador efectivo, los mata a soplos.

Clemens Alejandrino, Strom., lib. I.
Nullam enim existimo scripturam adeo fortunatam prœcœdere, cui nullus omnino contradicat: sed illam existimandum est, esse ratione consentaneam, cui nemo jure contradicit.

Todo lo que en este libro he escrito, sujeto a la corrección de la santa y sola y verdadera Iglesia Romana, con rendimiento católico, y dispuesto a reconocer mi ignorancia en todo lo que no concordare con la verdad de la fe, o contradijere el buen ejemplo.